# LES
# VOIX DU COEUR

PAR

ÉLIE-FRANÇOIS-MARTIAL B.....

Évoquant le passé, désirant l'avenir,
On vit par l'espérance et par le souvenir.

**PRIX : 75 centimes**

EN VENTE

Chez M. FERMOND, à La Rochefoucauld

ANGOULÊME

Imprimerie F. LUGEOL & Cie, 18, rue d'Aguesseau, 18

1877

# LES

# VOIX DU COEUR

PAR

ÉLIE-FRANÇOIS-MARTIAL B.....

Évoquant le passé, désirant l'avenir,
On vit par l'espérance et par le souvenir.

EN VENTE

Chez M. FERMOND, à La Rochefoucauld

ANGOULÊME

Imprimerie F. LUGEOL & Cie, 18, rue d'Aguesseau, 18

1877

# LE PREMIER RÊVE

Le Créateur fit l'homme avec un peu de terre,
Puis l'anima d'un souffle ; et d'une voix de père
Il lui dit : « C'est ici le lieu de ton séjour ;
» Dans ton cœur, pour ton Dieu, nourris un saint amour,
» Et que tes actions n'aient pour but que sa gloire.
» De ses nombreux bienfaits conserve la mémoire ;
    » Il saura te récompenser.
» Sa volonté n'est pas que, comme toute chose,
» Comme l'arbre géant et la petite rose,
    » Tu vives un temps pour cesser.

» Il te réserve au ciel un bonheur sans mélanges,
» Et veut que ce bonheur, comme celui des anges,
» Dure toujours nouveau toute l'éternité. »
L'homme crut au discours du Dieu de vérité,
Et, s'égarant joyeux dans une verte allée,
Il contempla du ciel la coupole étoilée,
    Et, plein de joie, il s'endormit,
Pour ne se réveiller qu'au ravissant langage
D'innombrables oiseaux cachés dans le feuillage :
    Heureux encore, Adam sourit.

Le premier de ses jours fut un jour de délices :
Les arbres, de leurs fruits lui donnant les prémices,
Et les petites fleurs se pressant sous ses pas,
Et les insectes bleus qui gazouillaient tout bas,
Et le vent frais et doux caressant la verdure,
Et l'oiseau, gai chanteur de la grande nature,
        Lui ravissaient l'âme et le cœur.
Levant alors les yeux vers la coupole immense,
Il crut naïvement et sans doute d'avance
        Jouir du céleste bonheur.


Mais, lorsque vint la nuit et son silence sombre,
Rêveur, l'homme sentit, au milieu de cette ombre,
Quelque chose manquer à sa félicité ;
Son âme se troubla devant l'immensité.
A des songes affreux son sommeil fut en proie ;
L'épouvante en son cœur vint remplacer la joie ;
        Et portant ses regards au ciel,
Son œil indifférent n'y trouva plus de charmes
Et s'obscurcit bientôt de douloureuses larmes :
        Il douta d'un ciel éternel !


Son cœur, vide de foi, s'ouvrit à la souffrance ;
Il n'eut plus de bonheur, n'ayant plus d'espérance !
Il erra soucieux du matin jusqu'au soir ;
Mais rien ne vint, hélas ! lui rendre son espoir.
En vain tout répandait une douce allégresse ;
Son âme était en proie à la sombre tristesse
        Et restait insensible à tout :
Au cristal du ruisseau comme à la blanche étoile ;
Car sur son cœur venait de s'abaisser un voile :
        Il était isolé partout !


Et que manquait-il donc au cœur de notre père ?
Rien ne lui disputait l'empire de la terre ;
Il pouvait commander comme un souverain roi :
Tout être, avec plaisir, reconnaissait sa loi.

Le lion rugissant, le tigre, l'ours farouche
Ne lui refusaient pas un baiser de sa bouche,
    Une caresse de ses mains ;
Et les fleurs, étalant devant lui leur corolle,
Répandaient le parfum qui de leur sein s'envole ;
    Mais tous ces charmes étaient vains.

    L'Éternel comprit le mystère :
D'une côte d'Adam il forma notre mère ;
    Puis, s'adressant à tous les deux :
« Aimez-vous, leur dit-il, et vous serez heureux ! »

# CE QU'EST L'AMOUR

Sans doute, pour jouir des doux présents de Flore,
Marie a devancé les rayons du soleil ;
Sous un berceau touffu, seule, elle attend l'aurore,
Qu'annonce à l'Orient un nuage vermeil.


Elle tient un lis blanc que sa bouche caresse,
Et de son sein gonflé s'exhale un long soupir.
On dirait qu'un chagrin la fatigue, l'oppresse.....
Elle parle tout bas : vois ses lèvres frémir.....


Écoutons : ..... « J'ai quinze ans, on dit que je suis belle,
» Et depuis quelques jours je sens battre mon cœur.
» Ma voix hésite et tremble, et tout mon corps chancelle
» Quand la main de Louis me présente une fleur.


» Pourtant, c'est toujours lui, le compagnon folâtre
» De mes ébats d'enfant, de ces simples plaisirs
» Que l'on goûte, l'hiver, assis auprès de l'âtre,
» Au printemps, dans les prés embaumés de zéphyrs.

» Quand ses yeux dans mes yeux vont lire ma pensée,
» Que je luis confiais, jadis, si librement;
» Quand, dans ses doigts brûlants, je sens ma main pressée,
» Je balbutie un mot et m'éloigne en tremblant.


» Hier il me retint: — « Pourquoi donc, ô Marie !
» Me dit-il, — n'es-tu pas douce comme autrefois ?
» Pourquoi cet air fâché lorsque je te sourie ?
» Pourquoi cette rougeur alors que tu me vois?


» Tu ne m'aimes donc plus comme l'on aime un frère ?
» Moi, je t'aime toujours, et bien plus qu'une sœur !
» Oh ! je t'aime !..... je t'aime !..... et, seule sur la terre,
» Marie est, désormais, mon rêve et mon bonheur ! » —


« Il parla plus longtemps, mais, confuse, étourdie,
» Je ne l'entendis pas..... Je crois qu'il m'embrassa !.....
» Je rentrai dans ma chambre, et, m'étant endormie,
» Son image revint..... Elle me caressa.....


» Je n'ai pu sommeiller depuis..... Un mot de flamme,
» Que ma bouche et mon cœur prononcent tour à tour,
» Vient partout m'assaillir, emplit toute mon âme ;
» Sur tout ce que je vois il est écrit: Amour !


» Qu'est-ce donc que l'amour ?..... Le sais-tu, fleur chérie? »
Le lis ne répond pas, mais les baisers brûlants
Que sur son beau calice a déposés Marie
Le flétrissent bientôt dans ses petits doigts blancs.


« Est-ce là ta réponse ?... Oh ! plus d'amour! dit-elle ;
» Il ne me fanera jamais sous son baiser ! »
Mais, voici qu'un oiseau l'effleure de son aile,
Hésite, et, sur l'enfant, vient enfin se poser.

« Oh! ne crains pas, fille timide,
» Laisse entrer en ton cœur candide
» L'amour, ce saint présent des cieux ;
» C'est pour lui que Dieu créa l'âme ;
» Il fait resplendir de sa flamme
» La beauté qu'on voit dans tes yeux !


» Vois le jeune bouton de rose :
» Sous sa verte corolle close
» Nul ne soupçonne son trésor.
» Le papillon joyeux voltige
» Près de lui, mais jamais sa tige
» N'arrête un instant son essor.


» Cependant, qu'un rayon paraisse
» Et de son aile le caresse,
» Bientôt tu le verras s'ouvrir ;
» Il deviendra la fleur vermeille
» Dont la fraîcheur est sans pareille ;
» Il embaumera le zéphyr.


» Oh! ne crains pas, fille timide,
» Laisse entrer en ton cœur candide
» L'amour, ce saint présent des cieux ;
» C'est pour lui que Dieu créa l'âme ;
» Il fait resplendir de sa flamme
» La beauté qu'on voit dans tes yeux ! »


Disant ces mots, l'oiseau franchit l'espace ;
Marie en vain voudrait l'interroger.
Il vole encore, et, sans laisser de trace,
Il vole encor vers un ciel étranger.


Cependant, l'enfant rassurée
Lève vers la voûte azurée,

Rêveuse, son œil de saphir.
« Je te promets, mon Dieu, dit-elle,
» De conserver toujours fidèle
» De ce saint jour le souvenir ! »

# PREMIER SOUPIR

Pour un baiser, pour un sourire d'elle,
Pour un cheveu,
Infant Don Ruy, je donnerais l'Espagne
Et le Pérou !

V. Hugo.

Oui, des feux dévorants ont consumé mon âme,
Et des attraits divins ont captivé mes sens !
Émilie !... A ce nom tout mon cœur est de flamme ;
Rien ne peut exprimer l'ardeur que je ressens.

Ah ! si du moins ses yeux, si sa bouche chérie
M'excitaient d'un regard, m'enflammaient d'un baiser ;
Si la mélancolique et douce rêverie
Attendrissait son cœur et pouvait l'embraser ;

S'il venait dans le mien déverser sa pensée
En me disant: « Je t'aime et je brûle pour toi! »
Comme aux premiers rayons disparaît la rosée,
Ainsi tous mes soucis fuiraient devant sa foi.

# PREMIER AVEU



Enfant, si tu voulais unir ta destinée
A celle de mes jours, les nœuds de l'hyménée
    Enlaceraient ton cœur au mien.
Des plaisirs purs et doux couronneraient ta vie :
Les anges du ciel bleu te porteraient envie ;
Leur bonheur ne serait pas plus grand que le tien.

Oh ! vois la fleur des champs, vois la fleur printanière
Qui croît en liberté dans l'immense parterre,
    Au riant soleil des beaux jours,
Étaler son calice et sa blanche corolle :
Le parfum enivrant qui de son sein s'envole,
C'est le charme divin des secrètes amours.

Le joyeux rossignol, caché sous le feuillage,
Près de son nid chéri, dans le fond du bocage
    Qu'agite un frais et doux zéphyr,
Chante... En sons inspirés sa voix mélodieuse
Célèbre sa compagne et sa flamme amoureuse:
Car les petits oiseaux ont aussi leur plaisir.

Toi, mon aimable enfant, toi que mon cœur adore,
Tu chanterais aussi le matin à l'aurore,
    Tu chanterais le soir encor:
Le jour sous des lilas, la nuit auprès de l'âtre;
Et tu serais toujours gaie, heureuse et folâtre;
Tes jours s'écouleraient tissus de soie et d'or !

# TOUJOURS ELLE!

---

Hier, la nuit d'été qui nous prêtait ses voiles
Était digne de toi, tant elle avait d'étoiles !
V. Hugo.

Hier, j'étais au bois, à cette heure où la terre,
Lasse du mouvement, du travail et du bruit,
A besoin de repos, et, pleine de mystère,
Se voile dans les plis de son manteau de nuit.

Comme pour l'endormir dans sa couche éthérée,
Ainsi qu'en son berceau l'on endort un enfant,
Tous les oiseaux, en chœur, de leur lyre inspirée
Faisaient résonner l'air du plus suave chant.

Et l'ombre s'étendait, grave, silencieuse,
Comme une vaste mer au flot muet et noir,
Du vallon solitaire à la plaine rieuse ;
Les feuilles frissonnaient sous la brise du soir.

C'était l'heure où le poète
Aime à rêver et prier,
En contemplant sur sa tête,
Au-dessus du peuplier,
Bien au-delà de la nue,
Dans la profondeur du ciel,
L'étoile candide et nue
Scintillante à son réveil.


En ces régions sereines,
L'âme ne sent plus ses chaînes ;
Seule à seule avec son Dieu,
Elle dévoile sans crainte
Sa pensée intime et sainte,
La pure ardeur de son feu.


Et je pensais à vous : le souffle du zéphyre
Me disait la douceur de vos divins accents ;
L'étoile me montrait votre charmant sourire,
Et, comme votre œil bleu, le ciel grisait mes sens.

# LE DÉPART

Il faut partir. — Adieu ! de ton cœur inquiet
Chasse la crainte amère ; adieu ! point de faiblesse !

V. HUGO.

Je vais bientôt partir; mais avant que l'aurore
Ait ouvert au soleil les portes d'Orient;
Avant qu'un gai rayon ne paraisse et ne dore
L'herbe verte des prés et le saule pliant;
Avant l'aube, rêveur, je reviendrai vous dire :
« Adieu ma blonde enfant, ô mon plus cher trésor ! »
Ciel, daigne m'inspirer, fais résonner ma lyre,
Puisque j'aime toujours, je veux chanter encor !

O moments de bonheur ! heures délicieuses !
Qu'êtes-vous devenus ? Hélas ! reviendrez-vous ?
Heures d'épanchement, divines et joyeuses,
Pourquoi nous délaisser ? Pourquoi fuir loin de nous ?
Hélas ! vous le savez : ma douce bien-aimée,
Heureuse, auprès de moi, faisait tout mon bonheur !
Son âme souriait à mon âme charmée;
Son cœur, ivre d'amour, s'épanchait dans mon cœur !

Revenez ! Elle est belle, elle m'aime et je l'aime ;
Ramenez avec vous l'espoir des heureux jours.....
L'espoir ! l'espoir !..... ô mot d'une douceur suprême !
L'espoir d'un tendre hymen et d'heureuses amours !


Vous, ne m'oubliez pas, ô vierge que j'adore !
Songez à l'exilé qui ne songe qu'à vous ;
Songez à cet amant qu'un feu brûlant dévore
Et qui fuit le trésor dont son cœur est jaloux.


Les jours de mon exil me seront des années :
Je vivrai seulement par votre souvenir.
Telles, aux jours d'hiver, des pétales fanées
Rappellent le printemps à notre ardent désir.


Ainsi, plus d'heureux chants, plus de moments d'ivresse ;
Mes désirs et mon cœur vous suivront en tout lieu ;
Loin de vous sont, pour moi, le deuil et la tristesse.
Adieu, mon Émilie ! ô tendre amie, adieu !

# CE QUE J'AIME

Je t'aime commo un êtrc au-dessus de ma vie.
V. Hugo.

J'aime l'herbe de la colline,
J'aime le chantre du printemps,
L'humble gravier de la ravine
Et la petite fleur des champs.

J'aime le vallon solitaire
Où mon cœur soupire en repos ;
J'aime les bois et leur mystère,
Et le doux murmure des eaux.

Si je m'assieds près du rivage,
J'aime à voir l'oiseau printanier
Venir m'effleurer le visage ;
J'aime les chants du marinier.

J'aime le zéphyr qui soupire,
La feuille qui tremble et frémit ;
J'aime l'enfant au gai sourire,
La tourterelle qui gémit.


Mais sans ton amour, Émilie,
Qui fait mon bonheur ici-bas,
Rien ne saurait charmer ma vie :
Le monde serait sans appas.

# MÉLANCOLIE

Oh! pense-t-elle à moi, ma douce bien-aimée,
Celle qui souriait à mon âme charmée
      Hier, sous mon beau ciel d'azur;
Celle que j'admirais, quand mon cœur en délire
      Voulait, brûlant, lui dire:
« Je t'aime, ô mon enfant! et d'un amour si pur? »


Oh! pense-t-elle à moi? Se redit-elle encore:
« Il est, loin de ces lieux, un ami qui m'adore,
      » Et qui se dit, le soir, tout bas:
» — Reviens, mon Émilie! Oh! reviens dans un songe,
      » Trop passager mensonge,
» A mes yeux enchantés montrer tes frais appas? »

# RÊVERIE

Qu'un songe au ciel m'enlève,<br>
Que, plein d'ombre et d'amour,<br>
Jamais il ne s'achève,<br>
Et que la nuit je rêve<br>
A mon rêve du jour !

V. Hugo.

Les heures s'écoulaient, longues, silencieuses ;
Mais il veillait encor, mais il veillait toujours.
Sur son front paraissaient les rides soucieuses.....
    Il rêvait à ces heureux jours
Que, naguère, il passait près de son Émilie ;
Dans l'ombre de la nuit il l'appelait tout bas :
« Reviens, ô temps d'amour ! seul espoir de ma vie !
    » Et toi, nymphe pleine d'appas,
» Vierge que tant j'aimais, songe à moi, car je t'aime
» D'un amour ineffable et pur ; car, sous les cieux,
» J'oublirais ma patrie et m'oublirais moi-même
    » Plutôt que l'amour précieux
» Qui m'enchaîne à tes pieds, blonde enfant, ô mon ange !
» Plutôt que ces transports de sincère amitié,
» Plutôt que cette ardeur, que ce feu sans mélange,
    » Qui toujours à toi m'a lié !

« Émilie!... Elle était ma fragile nacelle,
» En elle reposait l'espoir du nautonier;
» Les flots étaient d'argent et la nuit calme et belle:
        » Je voguais, heureux marinier,
» Vers les îles d'azur aux verdoyants ombrages;
» Mon frêle esquif volait sur la face des mers.....
» Je songeais que demain, à l'abri des orages,
        » Ayant franchi les flots amers,
» Nous irions reposer sous l'ombrage des chênes,
» Le cœur ivre d'amour, de bonheur et d'espoir.....
» Qu'exempts de tous soucis, de chagrins et de peines,
        » Joyeux, en attendant le soir,
» Dans l'herbe, en folâtrant, dans le bois solitaire,
» Nous redirions ces mots que j'ai dits mille fois:
» — Aimons-nous! car tout aime au ciel et sur la terre! — »
        » L'écho redirait notre voix! »

# ADIEUX A L'ÉCOLE DE P...

Laissez-moi fuir vers d'autres mondes.

V. Hugo.

Enfin, de nos trois ans le dernier jour va luire !
La douce liberté va nous ouvrir son sein.
Puisse son beau soleil sans cesse nous conduire
        Dans le meilleur chemin !


        Plus qu'une fois sur notre terre
        Le soleil lancera ses feux,
        Avant qu'à l'aurore dernière
        Nous venions faire nos adieux !


        Oh ! c'est alors qu'un nouveau monde,
        Que borne un horizon plus pur,
        Qu'un soleil plus brillant féconde,
        Ouvrira son beau ciel d'azur !

Sur les ailes de l'espérance,
Emportés par les doux zéphyrs,
Vers les berceaux de notre enfance,
Témoins de nos premiers plaisirs,

Nous volerons, l'âme légère,
Le cœur exempt de tous regrets.
Une voix nous a dit : « Espère !
» Attends mieux de nouveaux projets ! »

Peut-être cette voix amie
Est-elle un présage menteur,
Qui nous montre de cette vie
Le plaisir et tait la douleur !

Mais quoi ! des pensers aussi sombres
Viennent déjà nous assaillir
Et gâter, par de noires ombres,
Le gai tableau de l'avenir !

Non, cette voix n'est point menteuse :
C'est la voix de la vérité.
Disparais, ombre nébuleuse ;
Salut ! ô sainte liberté !

Mais avant de quitter pour toujours cet asile
Où notre cœur, hélas ! soupira tant de fois !
Ensemble, chers amis, volons d'un pas agile
Lui faire entendre encor les accents de nos voix !

« Adieu, vieux monument, fils de la Renaissance,
» Que Joffroy d'Estissac fit élever, dit-on,
» Pour donner à la fois chapelle et résidence
» A des moines nombreux de son pieux canton.

» Les ans ont enlevé ton premier caractère,
» Mais ils ont respecté les sculptures, la tour,
» Les blasons, les menaux, que maint grand antiquaire,
» Un crayon à la main, dessine chaque jour.

» Adieu, charmante cour, aux arbres pleins d'ombrage,
» Qu'une main ingénieuse a si bien disposés ;
» Que de fois, au printemps, sous ton épais feuillage,
» Nous nous sommes, joyeux, ensemble reposés !

» C'est là que nous venions, le matin à l'aurore,
» A midi, puis le soir, et puis plus tard encor,
» Nous dire ces projets que l'âge fait éclore,
» Et nous conter tout bas nos mille rêves d'or !

» Là, qu'insensiblement nos liens se formèrent,
» Là, que chacun de nous sut choisir ses amis,
» Là, que nos jeunes cœurs si souvent s'épanchèrent
» Dans le cœur, quelquefois, de lâches ennemis !

» Adieu, muets témoins d'intimes confidences,
» Murs décrépits, tilleuls aux rameaux verdoyants !
» Gardez, gardez toujours, de nos adolescences,
» Les rêves, les secrets, les vœux imprévoyants !

» Nos cœurs seront toujours remplis de votre image.
» Dans les jours de douleur, votre cher souvenir,
» Comme un ange des cieux au souriant visage,
» Viendra nous consoler, nous plaindre et nous bénir ! »

# AUTREFOIS

———

### A MA MÈRE

———

Combien j'aimais, le soir, près de ma bonne mère,
Entendre répéter les contes d'autrefois !
Quand tout était muet dans la nature entière,
Mon oreille attentive écoutait mieux sa voix.


Souvent elle disait l'intéressante histoire
D'Isaac Laquedem, le pauvre Juif-Errant,
Et bien souvent, aussi, venait à sa mémoire
D'une apparition le récit effrayant.


Puis le Petit-Poucet, Cendrillon et la Belle
Qui, dans un bois touffu, cent ans entiers dormit.....
C'était pour moi la douce et joyeuse nouvelle,
Mes contes favoris, et j'y rêvais la nuit.

Et cependant la main de ma mère, en silence,
Tournait le long fuseau de lin blanc, et, parfois,
De sa lèvre humectant le fil qui se balance,
La fileuse, un instant, interrompait sa voix.

Moments si chers! hélas! heures si tôt coulées,
En vain je vous rappelle, en vain je songe à vous;
Vous ne reviendrez plus, mes heures des veillées,
Vous avez pris le vol avec le temps jaloux.

Monde, monde brillant, ton faux éclat enivre;
Le bonheur calme et pur fuit ton torrent bruyant.....
Mais, sous le chaume obscur comme l'on aime à vivre,
Et comme on est heureux alors qu'on est enfant!

# CONFIDENCE

—

A MON AMI ALFRED CHAIGNAUD

—

Jadis, vois-tu, l'avenir, pur rayon,
Apparaissait à mon âme éblouie,
Ciel avec l'astre, onde avec l'alcyon,
Fleur lumineuse à l'ombre épanouie.
Cette vision
S'est évanouie !

V. HUGO.

Ami, dans tes moments de loisir, quelquefois,
N'as-tu jamais rêvé, promené ta pensée
Sur mille objets divers? Égaré dans les bois
Ou sur les bords d'une onde à couler empressée,
N'as-tu jamais bâti, comme on dit, des châteaux
En Espagne? Oh! si bien: je sais ton caractère;
Et souvent tu m'as dit que, seul sur les coteaux
De la Dronne aux flots bleus, ta gentille rivière,
Tu t'étais promené rêveur, un livre en main.
Ton cœur, dans l'âge alors où notre esprit bouillonne,
Dans cet âge où l'on dit, plein d'espoir: « Oh! demain ? »

Age d'or et de feu, que le Seigneur nous donne
Pour faire désirer et comprendre les cieux,
Ton cœur, dis-je, a sans doute, en ces heures de joie,
Rêvé bien des projets, plaisirs délicieux
D'apparence, mais vains, dont ton âme est la proie.
Tous nous rêvons, dit-on; il n'est point de mortel,
Si modeste soit-il, qui n'ait, bien souvent même,
En secret élevé dans son cœur un autel
A quelque doux penser qu'il caresse et qu'il aime.
Comme toi, comme tous, j'ai rêvé, j'ai construit
Mille et mille châteaux, sur le roc, sur le sable:
Les premiers sont debout, et le temps a détruit
Les autres tour à tour, de sa main implacable!
Mais, de tous ces projets, de ces rêves d'un jour,
Qui bercent un instant notre jeune pensée,
Il en est un, surtout, divine fleur d'amour,
Que mon cœur enthousiaste a souvent caressée.


Je n'avais pas quinze ans quand je sentis un jour
Quelque chose d'étrange, une voie intérieure,
Un vague sentiment, triste et gai tour à tour,
Un poids qui m'oppressait jour et nuit, à toute heure.
..... Et j'entendais ces mots: « Ami, viens dans les champs,
» Viens, nous serons heureux; laisse là ton étude.
» Des oiseaux de nos bois n'aimes-tu pas les chants?
» Enfant, n'aimes-tu pas l'aimable solitude?
» Courons, courons tous deux dans le fond du vallon;
» Du ruisseau qui s'enfuit écoutons le murmure.
» Vois le gai laboureur qui creuse le sillon,
» La marguerite blanche et la tendre verdure.
» Porte donc tes regards sur ces petites fleurs
» Qu'aime le papillon, que caresse l'abeille,
» Que le soleil revêt des plus riches couleurs.
» Oh! comme tout est beau! La nature s'éveille
» De son sommeil d'hiver. Hâtons-nous, jouissons
» De ses dons gracieux ! » — Et, devançant l'aurore,
Le front baissé, rêveur, je longeais les buissons,
Le chemin creux, le bois, l'étang que le ciel dore.

Je laissais ma pensée errer tout à loisir
Sur les divers objets de la grande nature,
Espérant rencontrer sous mes pas le plaisir
Que m'annonçait tout bas cette voix, ce murmure.
   Illusion, mensonge, erreur!
   Rien, pour moi, n'avait de langage:
   Ni le sable d'or du rivage,
   Ni l'oiseau joyeux de la plage,
   Ni le doux parfum de la fleur!
Mon cœur était de feu; je me croyais de glace:
D'un œil indifférent je regardais le ciel,
L'onde aux flots argentés, le sentier qui s'efface
Sous les touffes de fleurs qui recèlent le miel.
Et cependant la voix, au-dedans de moi-même,
Faisait entendre encor ses suaves accents,
Et me disait toujours: « Oh! le bonheur suprême
» N'est-il pas dans les bois, dans les prés fleurissants ? »


Longtemps je fus troublé par cette voix chérie,
Longtemps je promenai ma triste rêverie,
  Seul et silencieux;
Et rien ne répondait à ma mélancolie:
J'étais comme frappé d'une douce folie,
  Morose et soucieux.


Soudain, le jour se fit dans le fond de mon âme,
Et je sentis enfin mon cœur fermé s'ouvrir
Aux doux regards d'un Dieu sous les traits d'une femme,
Blonde enfant de seize ans, gracieuse à ravir!


  Quand je vis ce bel ange,
  Aux yeux pleins de douceur,
  Un bonheur sans mélange,
  Divin, sublime, étrange,
  Vint inonder mon cœur !

Son front était si pur ! et son âme candide,
Se peignant dans ses yeux d'un bleu de ciel si doux,
Leur donnait un éclat si vif et si limpide
Que l'amant de Vénus en eût été jaloux !


O poète ! ô chanteur des divines merveilles,
Toi dont la chaste lyre a de si saints accords,
Toi qui sais captiver les cœurs et les oreilles
Par le charme enivrant de célestes transports,


Tu tenterais en vain le portrait d'Émilie ;
En vain tu nous peindrais une exquise beauté :
Les chants mélodieux dictés par ton génie
Seraient encor bien loin de la réalité !


Je l'aimai !... Son nom seul absorba ma pensée :
Je la voyais le jour, je la voyais la nuit.
Son image, en mon cœur par mon amour tracée,
M'accompagnait toujours, dans le calme et le bruit !


Un jour (oh ! sois béni, soleil qui le fis naître !)
De sa bouche d'amour, de son cœur plein de foi
Sortit ce mot divin, qui ravit tout mon être,
Ce mot qui seul dit tout : « Je t'aime et suis à toi ! »


Ne me demande pas le reste :
Je veux concentrer ma douleur,
Épargne à mon malheureux cœur
Le récit d'un sort si funeste !

# VINGT ANS!

—

Rien ne m'est plus ; plus ne m'est rien,
VALENTINE VISCONTI.

Comme on voit, le matin, dans la verte prairie,
S'effacer la rosée aux rayons du soleil;
Comme une fleur des nuits, qui, le soir est fleurie
Et ferme avant le jour son calice vermeil;

Comme le rossignol caché dans le bocage,
Qui, lorsque vient l'aurore, interrompt ses doux chants
Et quitte en paix le chêne au verdoyant feuillage
Pour voltiger joyeux au travers de nos champs;

Comme l'ombre s'enfuit quand paraît la lumière;
Comme un rêve de nuit, trompeur, délicieux,
Disparaît, en laissant une trace légère,
Avec le doux sommeil qui nous fermait les yeux;

Comme le fruit qui tombe au souffle de Zéphyre;
Comme le rameau vert que brise l'aquilon;
Comme l'enfant qui meurt dès son premier sourire,
La feuille que le vent porte dans le vallon;

J'ai vu passer, s'enfuir et s'envoler mes rêves,
Mes plaisirs d'autrefois, fleurs roses du printemps;
Le flot les a poussés tour à tour sur la grève :
Hélas! mon cœur est vide et je n'ai pas vingt ans!

# LE MOIS DE MAI

Allez, allez, ô jeunes filles !
Cueillir des bleuets dans les blés !
V. HUGO.

Beau mois de mai, salut ! ô toi qui me rappelle
Les jours sitôt passés de mon heureux printemps,
Ces jours où, contemplant la verdure nouvelle,
Le cœur rempli d'espoir, je parcourais les champs.....

Oh ! qui m'eût dit alors qu'un jour..... Mais, ô mon âme !
Pourquoi gémir encor? Tes vœux sont superflus.
Le bonheur, loin de toi, jette sa vive flamme ;
Tu regrettes en vain des jours qui ne sont plus !

Adieu donc à jamais, ô plaisirs du jeune âge !
Vivant, je suis déjà plongé dans le tombeau :
Les larmes et le deuil, voilà mon seul partage ;
Adieu, c'est pour toujours, ô mon printemps si beau !

# SOUVENIR



Voici bien le jardin, le petit banc de pierre,
Le lac aux doux reflets d'azur,
Le saule enveloppé d'un vert manteau de lierre,
Les débris de la tour et les pans du vieux mur.

Quel amer souvenir, quelle douleur poignante,
A votre vue ont assailli mon cœur !
J'ai senti se rouvrir ma plaie encor saignante ;
Sur ma lèvre a passé le vase de douleur !

Le soleil terminait sa course : un long nuage,
Rouge et brillant comme un tison,
D'un lendemain serein étincelant présage,
Décorait au couchant le superbe horizon.

De la brise du soir les premières haleines
    Balançaient les arbres en fleur ;
Le ruisseau murmurait au travers de nos plaines,
Tout respirait l'amour, le calme et la fraîcheur.


Assise auprès de moi, sous l'ombre du vieux saule,
    Ses doigts brûlants pressant ma main,
Son bras nonchalamment posé sur mon épaule,
Émilie étouffait un sanglot dans son sein !


Printemps, tu lui donnais sa seizième couronne ;
    Et le parfum de tes lilas,
L'éclatante couleur de la fraîche anémone
Étaient pour moi moins doux que ses chastes appas.


Hélas ! je me croyais au faîte de la joie,
    Près enfin d'arriver au port ;
Pendant que mon amie avait le cœur en proie
Au noir pressentiment d'une prochaine mort !


Son œil, depuis longtemps fixé sur le lac sombre
    Où tombait parfois une fleur,
Soudain se releva, vif et brillant dans l'ombre ;
Son regard rencontra mon regard..... O douleur !


Une larme coulait brûlante sur sa joue
    Que creusaient deux légers sillons ;
Et ses longs cheveux blonds, où la brise se joue,
Me voilaient tour à tour ses regards, purs rayons !


« Pourquoi donc ces soupirs, Émilie, ô mon ange !
    » Lui dis-je, en lui pressant la main.
» D'où te vient cet ennui, cette pâleur étrange,
» Alors que l'avenir paraît calme et serein ?

» Craindrais-tu que mon cœur un moment ne t'oublie,
    » Que je violé mes serments ;
» Que je veuille briser la chaîne qui nous lie?
» Si tu le crois, reviens de ton égarement.


» J'ai juré par le ciel et je le jure encore
    » De t'aimer, te chérir toujours.
» Mon cœur est plein de toi, c'est mon cœur qui t'implore:
» D'un seul mot, tu le peux, dispose de mes jours ! »


    Ses larmes un instant cessèrent,
    Elle interrompit ses sanglots ;
    Ses deux bras chéris m'enlacèrent
    Et sa bouche exhala ces mots :


« Je t'aime, tu le sais, et la plus vive flamme
    » Brûle au fond de mon cœur pour toi !
» Mon âme est pour toujours fiancée à ton âme :
» L'Éternel est témoin de ma sincère foi.


» Je n'ai jamais pensé que tu fusses parjure
    » Et crois à ta sincérité :
» C'est en vain que le cœur où règne l'imposture
» Chercherait les accents forts de la vérité.


    » Mais, dois-je te dire ma peine,
    » Te faire connaître ton sort ?.....»
    — « Dis !..... Ta douleur sera la mienne.....
    » Le doute, pour moi, c'est la mort ! »


— « Alors, je vais parler, puisque ta voix l'ordonne :
    » Le bonheur loin de nous a fui ;
» Depuis longtemps déjà ma force m'abandonne,
» Je sens que le Seigneur veut m'appeler à lui !

» Quand je ne serai plus, pleure sur ton amie
        » Et conserve son souvenir !
» Que toujours dans ton cœur soit le nom d'Émilie !
» J'ai vécu pour toi seul....., pour toi je vais mourir ! »


Elle ne revint plus s'asseoir au banc de pierre,
        Ni se mirer le jour dans l'eau,
Et la petite fleur blanche du cimetière
Dès le même printemps fleurit sur son tombeau !

# LE DERNIER RÊVE DE L'EXILÉ

A MON AMI FRANÇOIS FOURGEAUD

Perdus dans les déserts de la brûlante Afrique,
Deux frères, deux Français, naguère beaux et forts,
Erraient depuis trois jours sous un ciel de tropique,
Sans pain et sans abri. D'inutiles efforts
Pour regagner enfin quelque terre meilleure
Les avaient abattus. Tout conspirait contre eux !
Épuisés, suffoqués, sentant leur dernière heure,
Ils s'affaissèrent là !..... Spectacle douloureux !
Deux hommes haletants, sur l'arène brûlante,
Torturés par la soif, le soleil et la faim,
Le désespoir au cœur et l'âme défaillante,
N'ayant devant les yeux que le désert sans fin !

Un pénible sommeil vint clore leur paupière :
Sommeil lourd, agité, comme en a le mourant.
Dans ses bras affaiblis chacun pressait son frère ;
Seul, l'amour leur restait dans ce grand dénûment.
Telles, aux jours d'été, sur leurs tiges égales,
On voit deux jeunes fleurs qu'un soleil va flétrir,
Mélanger leurs parfums, confondre leurs pétales,
Et, dans le même instant, s'incliner et mourir.

Car l'amour rend plus fort : la mort est moins amère
Quand on a plein le cœur de ce baume divin ;
Puis il donne l'espoir : en quittant cette terre
On jette vers le ciel un regard plus serein.

La fièvre rougissait leur figure amaigrie,
Parfois un long soupir s'exhalait de leur sein.....
Soudain, l'un se réveille, ouvre l'œil et s'écrie :
« Frère ! ne vois-tu pas, là-bas, dans le lointain,
» Ce clocher, ces maisons, cette verte colline ?.....
» Oh ! je crois,..... oui,..... c'est vrai ! je ne me trompe pas :
» Ce vallon qui s'étend au loin et que domine
» Un bosquet verdoyant, où, tous deux, tant de fois,
» Nous avons partagé les plaisirs de l'enfance,
» Ce pin majestueux, tout, enfin, me le dit :
» C'est notre beau pays, c'est notre chère France !
» Frère, réveille-toi ! Le bonheur nous sourit !.....»

France ! ce mot béni fit tressaillir dans l'âme
Le pauvre malheureux, qui se leva tremblant.
Son regard, où brillait une mourante flamme,
Erra sur l'horizon, puis, tombant tristement :
« Frère, murmura-t-il, je ne vois que le sable !
» Prions, et, résignés, n'attendons que la mort.
» Le malheur, aujourd'hui, de son poids nous accable !
» Eh bien, sachons souffrir ! Bravons le mauvais sort ! »

Un frisson glacial sur leur âme meurtrie
Passa comme un éclair ; et, d'une même voix :
« Adieu donc pour toujours, beau ciel de la Patrie ! »
Dirent-ils, s'embrassant pour la dernière fois !

# AMERTUME

Voyageur exilé bien loin de la patrie,
Seul, je poursuis, hélas! mon sentier ténébreux.....
Je parcours à grands pas le chemin de la vie,
Et j'ai perdu ce cœur aux élans généreux,
Ce cœur qui, vierge encore et tout plein d'innocence,
Rêvait d'amour, de gloire et de douces vertus,
Aimait l'humanité de cet amour immense
Que le siècle égoïste et fier ne connaît plus!

Oh! j'ai perdu mon rêve! et la mort sur ma vie
    A passé son souffle odieux:
Hier je souriais, mon âme était ravie;
    Aujourd'hui, le front soucieux,

Je dis, comme Brutus: « Vertu, n'es-tu qu'un songe,
    Qu'un fantôme qui nous séduit?
Amour du beau, du bien, oh! n'es-tu qu'un mensonge,
    Toi, clarté, que la sombre nuit ? »

# LE FOND DU VASE

Quand le cœur est flétri, quand l'ardente pensée
Par un songe brillant ne se sent plus bercée;
Quand la lyre en ses doigts ne sait plus que gémir;
Quand le pauvre penseur a perdu son doux rêve,
Quand l'espoir est éteint, quand devant lui se lève
      Le grand voile de l'avenir,

Alors il dit tout bas, le rêveur, le poète,
Qui va dans le vallon, sombre et courbant la tête :
« Amour, n'es-tu qu'un nom qui charme et qui séduit ?
» N'es-tu qu'un vain mirage, une lueur, un songe,
» Qui vient nous égayer de son riant mensonge
      » Pour nous replonger en la nuit ?

» N'es-tu qu'un vif éclair au sein du sombre orage ?
» Qu'une fleur isolée au bord de ce rivage
» Où tous, pauvres mortels, suivons même chemin ?
» Dis : n'es-tu qu'un parfum à l'haleine embaumée
» Qui vient s'offrir un jour à notre âme charmée
      » Et qui ne sera plus demain ? »

# ULTIMA VERBA

---

Oui, j'ai rêvé longtemps. Je croyais au bonheur ;
J'attendais l'avenir avec impatience.
Hélas ! il vint trop tôt ravir mon espérance !
Et, détruisant mon rêve, il a brisé mon cœur.


Oh ! ne me parlez plus d'amour, de poésie ;
Ne me redites plus mes doux chants d'autrefois.
J'ai bu le fiel amer au vase de la vie,
Et la Muse, aujourd'hui, n'écoute plus ma voix !

# TABLE